1ère EXPOSITION
ALFRED
PETIT
ET
types
BRETONS
PARISIENS
CRAPAUDS
avril 1895
Vente le Jeudi 30 Mai
EXPOSITION le Mercredi 29 Mai
A L'HOTEL DROUOT

GRANDES AQUARELLES

Dessins Tableaux

PAR

Alfred Le Petit

PEINTRE NORMAND

DES GUEUX & ARTISANS

DONT LA VENTE AURA LIEU

HOTEL DROUOT, Salle nº 10

Le Jeudi 30 Mai 1895

———•◆•———

Mᵉ G. DUCHESNE	Mʳ BERNHEIM Jeune
Commissaire-Priseur	**Expert**
6, Rue de Hanovre, 6	*8, Rue Laffitte, 8*

EXPOSITION PUBLIQUE MERCREDI 29 MAI 1895

De 1 h. ½ à 5 h. ½

CONDITIONS DE LA VENTE

Elle sera faite au comptant.

Les Acquéreurs paieront en sus des adjudications, *cinq centimes par franc,* applicables aux frais.

L'œuvre que je présente au public est le fruit d'un travail pour lequel je me passionne depuis de longues années.

J'ai longtemps hésité avant de la résumer en une exposition, et j'ai voulu me rendre compte auparavant si elle en était vraiment digne.

Je suis donc allé trouver les personnes les plus autorisées en matière d'art :

MM. Armand Silvestre, Antonin Proust, Arsène Alexandre, De Fourcaud, Henri Havard, Roger Marx, Charles Yriarte, Gustave Geffroy, Clémenceau, Firmin Javel, Galli, Champsaur, etc., etc. J'ai reçu partout le meilleur accueil. Je suis heureux ici de les remercier de leurs conseils et je regrette vivement que l'exiguïté de mon catalogue ne me permette pas de citer toutes les lettres d'encouragement qu'il m'ont adressées.

ALFRED LE PETIT.

Paris, le 31 Mars 1895.

Cher Monsieur,

Je ne veux pas renvoyer le carton que vous avez bien voulu me confier, et qui contient une partie de vos belles études sur la vie populaire, sans vous dire combien j'ai pris d'intérêt et trouvé d'émotion à le feuilleter. En ce temps où le document est si fort à la mode, vous avez le premier, si j'en juge par les dates de plusieurs de vos aquarelles, tenté l'œuvre d'observation où d'autres ont conquis une juste renommée, dont vous êtes, pour ainsi parler, le précurseur.

Avec une vision singulièrement fidèle des choses et des êtres, avec une sincérité d'impression communicative, avec une franchise d'exécution et de moyens remarquable, vous avez décrit, le pinceau à la main, la vie des humbles et écrit le poème douloureux des travailleurs et des déshérités. Vous l'avez fait dans un sentiment de simplicité, avec un dédain manifeste de côté dramatique, qui en font vraiment l'image de la vie. Vous avez illustré une page célèbre de notre Labruyère comme elle méritait de l'être, sans déclamation et avec le seul souci de la vérité, qui suffit toujours à exprimer les réelles pitiés et les réelles tendresses.

Certes vous avez raison de vouloir résumer, en une exposition

privé, ces images qui ne valent pas seulement par leur prix in-
dividuel, mais constituent un ensemble, d'où se dégage un sentiment généreux et robuste auquel le public ne saurait échapper.

Personnellement j'insisterai, partout où je tiens une plume,
sur l'intérêt de cette manifestation d'art véritable et de pensée ;
je m'efforcerai de vous faire connaître, sous un jour plus large,
comme vous méritez d'être apprécié et connu, à tous ceux pour
qui votre nom ne rappelait que les amusants dessins, semés par
vous un peu partout.

Et vous n'aurez pas à me remercier, cher Monsieur, car moi
aussi, dans cette circonstance, je n'aurai suivi que l'impulsion de
ma conscience et, tout au plus, en faisant au lecteur l'éloge de
votre œuvre, je vous aurai payé du plaisir que vous m'avez fait,
et de la marque d'estime que vous m'avez donnée en m'en donnant,
pour ainsi dire, la primeur.

Veuillez agréer, cher Monsieur, l'expression de ma vive sym-
pathie pour l'homme et pour l'œuvre.

ARMAND SILVESTRE.

2 janvier 1894.

Mon cher Monsieur Bernheim,

Je vous recommande M. Alfred Le Petit, qui voudrait faire
une exposition de choses qui le montrent sous un jour tout à fait
inattendu et qui m'ont vivement intéressé.

Je ne connaissais M. Le Petit que pour ce que les journaux ont
publié de lui et il me semble tout à fait regrettable que des études
aussi sincères que les siennes n'aient pas été mieux connues, etc.,
etc.

ARSÈNE ALEXANDRE.

Monsieur,

Voici le caricaturiste que vous connaissez, Alfred Le Petit. Il
vient de me montrer une centaine d'aquarelles tout à fait curieuses
et originales. Il aura certainement un succès pour ce nouvel
aspect de son talent.

FÉLICIEN CHAMPSAUR.

Paris, 5 janvier 1895.

Mon cher Le Petit,

Les aquarelles que vous avez laissées au journal et que je viens
de voir avec beaucoup d'intérêt, me paraissent devoir former une
exposition sensationnelle.

Quant à l'Art français, il sera heureux d'en reproduire quel-
qu'une et d'avance applaudit à votre succès prochain.

Croyez, etc.

FIRMIN JAVEL.

TYPES NORMANDS

MENDIANTS

1. Retour du pauvre, à Fallencourt (Seine-Inférieure).
2. Dépêche-te. (Se'ne-Inférieure).
3. L'homme au pain, à Aumale.
4. La mère Trembleuse, à Fallencourt.

> Appartient à M. Firmin Javel.

5. Femme et son panier, à la Haute-Maladrerie.
6. A Caen. Un cul-de-jatte.
7. Le rouleur exténué, à Gournay.
8. Le père Gambard, vu de dos, à Neufchatel.
9. Le père Gambard, vu de face.
10. De Neufchatel à Foucarmont (Seine-Inférieure).
11. Le vagabond (Seine-Inférieure).

> Appartient à M. Félicien Champsaur.

12. L'attente, à Fallencourt.
13. Le pauvre de Dancourt (Seine-Inférieure).
14. En tournée, (la mère Fussien).
15. Le père Bailleul.

> Appartient à M. Arsène Alexandre.

16. Mort de froid, à Caen.
17. Un écloppé Rouennais.
18. Le morceau de pain de la mère Bailleul, à Fallencourt.
19. La mère Baratte (folle mendiante).
20. Le père La Faïence (dessin à la plume).
21. A la fenêtre du Château. (Seine-Inférieure).

22. L'homme du port, à Rouen.
23. A Caen. Vieux mendiant à la jambe de bois.
24. L'aumône du petit André.
25. Sur le bord de la Grande Route, (Seine-Inférieure)
26. Croquis de la mère Trembleuse.
27. Fermière et mendiant, (Haute-Maladrerie).
28. La fin d'un pauvre. (Normandie).
29. Le flûtiste, mendiant.
30. Pauvres (mari et femme), à Fallencourt.

ARTS ET MÉTIERS

31. Intérieur de bergerie, (à la Haute-Maladrerie
32. Croquis d'intérieur de forgeron.
33. Chanteur des Rues dans le marché, à Caen.
34. Le facteur rural, à Fallencourt.

   Appartient à M. H. Galli.

35. Aoûteux faisant une meule, à Cailly (Seine-Inférieure)
36. Retour à la ferme, à Fallencourt.
37. Berger au crépuscule, à Rétonval (Seine-Inférieure).
38. Vieille servante et vieux coq.
39. Aoûteux, à Puchervin (Seine-Inférieure).
40. Collation de moissonneurs, au Haut-Fromentel.
41. Une grave réparation.
42. Retour des champs, à Eu.
43. Marché aux volailles, à Aumale.
44. Chiffonnier, à Rouen. — Dessin au crayon noir.
45.   id.   id.   id.

DIVERS (types normands.)

TYPES PICARDS

MENDIANTS

ARTS ET MÉTIERS

DIVERS (types picards.)

MENDIANTS

ARTS ET MÉTIERS

TYPES PARISIENS

MENDIANTS

106. Jeune mendiant.
107. Chanteur des rues, à Levallois.
108. L'orgue de Barbarie.
109. La mère Barnabas.

ARTS ET MÉTIERS

110. A la fraîche ! qui veut boire ? Fête de Levallois-Perret.
111. Recrépissage de maison.
112. Scieurs de long, à Levallois.
113. Un fontainier.
114. A la foire aux jambons.
115. Le camelot calligraphe, à la porte Courcelles.

> Remarquez, messieurs, que la qualité de mes plumes consiste
> en leur supériorité sur les autres.

116. Tambour de Ville, à Levallois.
117. Maçons.
118. La chiffonnière, (rue de Ménilmontant).
119. Un dessinateur de journaux.
120. Bistro, à Clichy.
121. Laveuse au port de Bezons.

> Appartient à M. Armand Silvestre.

122. La fin de la journée. — Echoppe de cordonnier.
123. Bétonniers, à Levallois.
124. Tombereau, à Levallois. — Dessin à la plume.

125. Egoutier, à Levallois. — Effet de nuit.
126. Intérieur de marchand de vins, à Clichy. — Croqui
127. Le père La Réclame. — Dessin plume.
128. Echoppe de cordonnier, à Clichy.
129. Un arroseur public, à la porte Courcelles.
130. Marchande d'échalottes au marché de Levallois.

MENDIANTS

131. Mendiante, à Metz.
132. Couche ici. — Type Bohémien.
133. Types Asiatiques.
134. Famille Bohèmienne, (en Picardie.)
135. A la porte de l'église, à Caen.
136. Et types (croquis) de différents pays.

PRUSSIENS. — PORTRAITS, etc.

137. Episode de la guerre Franco-Allemande, (Somme).
138. En vedette, guerre 1870-1871.
139. Portrait de M. Lubin de Beauvais. (Appartient).
140. Un connaisseur. (Normandie).
141. Le défilé de la Magistrature aux funérailles de M. Carnot.
142. Extase.
143. L'orpheline.
144. Les amateurs de peinture, à Fallencourt.
145. Le père Janard.
146. Portrait croquis de Théodule Ribot, (1869).
147. Tête de chercheur de morilles.
148. Portrait croquis du peintre Jundt.
149. De Paris à Rouen, intérieur de wagon.
150. La rue Royale pendant les obsèques de M. Carnot.
        id.   id.
151. Mme Elisa Bloch, statuaire, dans son atelier. — Croquis.
152. Croquis d'Alexis Bouvier.
153. Croquis de Lullier, (fait au Conseil de guerre 1871).
154. Dissection, Hôtel-Dieu de Rouen.
155. Têtes, figures, binettes de types picards, normands, Bretons, parisiens, etc., etc.
156. Croquis de Berthelier.
157. Merlatti (le jeûneur). — Dessin.
158. Portrait-croquis de Tavernier.
    Portrait-croquis de Besson, Nau, Bartholdi, Clément-Privas, Georges Duval, etc., etc.
159. Desboutin et son fils. — 1877. — Croquis.
160. Morte.
161. La musique militaire, à Poix (Somme).

CRAPAUDS ET ANIMAUX DIVERS

162. Plusieurs croquis et dessins de crapauds.
        id.   id.
        id.   id.

163. La Curée. — Croquis.
164. Le nid d'hirondelles.
165. Mendiant macaque. — Aquarelle.
166. Pauvre macaque. — Aquarelle.
167. Croquis de poules et coqs, renards, lions, singes.
168. Chevaux, ânes, lapins, lézards, crocodiles, pigeons, canards
     éléphant, porcs, moutons, chiens, chats, tigres, dindons.
169. Geai et pain.
170. La couveuse.
171. La poule blanche.

> Petite poule toute blanche,
> Sous un duvet fin et soyeux,
> Tous les jours, voire le dimanche,
> Constamment couve petits œufs,
> De quoi te sert si grande peine ?
> Tendresse, efforts, seront perdus,
> Par longue broche moult vilaine,
> Petits poulets sont attendus.

PAYSAGES. — RUES, etc.

172. Effet de nuit, à Poix.
173. Effet de lune, à Fallencourt.
174. Le retour d'Asnières, à Levallois.
175. Coucher de soleil à la porte de Courcelles.
176. Effet de brouillard, à Levallois.
177. Mare au crépuscule (Normandie).
178. Pommier et fin d'herbage au crépuscule.
179. Plusieurs croquis de rues, à Rouen.
     —   à Rennes.
     —   à Vitré.
     —   à Saint-Brieuc.
     —   à Laval.
     —   à Chartres.
     —   à Neufchâtel-en-Bray.
     —   à Poix, etc., etc.
180. Effet de lune dans une cour de ferme (Normandie).
181. Ormes au crépuscule (Normandie).
182. Coucher de soleil sur la Marne (Aisne).
183. Vache dans la plaine près Rouen. — Effet de soir.
184. Coucher de soleil derrière un talus (Normandie).
185. Lever de soleil, à Levallois.
186. Chaumes, à Fallencourt (Seine-Inférieure).
187. Rue à Ault (Somme).
188. Effet de neige, à Fallencourt.
189. Effet de soleil, à Levallois.
190. Dans un chemin creux (Normandie).
191. Soleil sous Bois, à Cailly.
192. Herbage, à Cailly (Seine-Inférieure).
193. La route de Foucarmont à Fallencourt.

194. Sapins, à Cailly.
195. Rue ensoleillée, à Poix.
196. Meule éboulée, à Fallencourt.
197. Le Moulin, à Fallencourt.
198. Vieux puits, à Ault (Somme).
199. Route, à Poix.
200. Coin d'herbage, à Fallencourt.
201. Prairie, à Fallencourt.
202. Incendie, à Fallencourt.
203.   id.   id.
204. Couloir, à Neufchatel.

CHARGES. — PEINTURES ET FAIENCES

205. Le singe malade.
206. Le singe chiffonnier.
207. Le singe mendiant.
208. Pêcheurs le matin près de l'île de la Jatte.
209. Le pauvre borgne (Normandie).
210. — 12 originaux de peintures sur porcelaine exposées à l'Exposition universelle de 1878. (Les contemporains dans leur assiette).
211. Le père Caillasse, intérieur de bric-à-brac, à Levallois-Perret.
212. Originaux de peintures sur faïence, exposées à l'Exposition de 1889, (Fleurs, fruits et légumes).
213. Bartholdi et son lion de Belfort.

Imp. LAMBERT, EPINETTE et Cie, 231, rue Championnet. — Paris

9 782329 480121